A QUARTA CRUZ

Weydson Barros Leal

A QUARTA CRUZ

TOPBOOKS

Copyright © Weydson Barros Leal, 2009

Direitos de edição da obra em língua portuguesa no Brasil adquiridos pela TOPBOOKS EDITORA. Todos os direitos reservados. Nenhuma parte desta obra pode ser apropriada e estocada em sistema de banco de dados ou processo similar, em qualquer forma ou meio, seja eletrônica, de fotocópia, gravação etc., sem a permissão do detentor do copyright.

Editor
José Mario Pereira

Editora assistente
Christine Ajuz

Revisão
O autor

Capa
Julio Moreira

Diagramação
Filigrana

TODOS OS DIREITOS RESERVADOS POR
Topbooks Editora e Distribuidora de Livros Ltda.
Rua Visconde de Inhaúma, 58 / gr. 203 – Centro
Rio de Janeiro – CEP: 20091-000
Telefax: (21) 2233-8718 e 2283-1039
Email: topbooks@topbooks.com.br

Visite o site da editora para mais informações
www.topbooks.com.br

A Ferreira Gullar

SUMÁRIO

A NONA HORA

A nona hora 13
Contra inspiração...17
A curva 19
Meu filho sou eu..21
O homem...23
Madalena...25
A praia...26
Baronesas 27
Noites de Ipanema..30

O TEAR DA MANHÃ

O tear da manhã..35
A queda..37
Canção...38
A estrada...40
Partilha..42
A carta...43

O tambor..44
Geraz 45
M..46

POÍESIS

Poíesis..49
Geografia da memória..51
Batismo..53
Inventário...55
A caixa de letras..56
A dança...57
Retrato..59
Divitiae..60
Verbo..62

A QUARTA CRUZ

A quarta cruz...65
O encontro...68
O espelho..70
O outro dia..72
O relógio do espaço...74
O bom ladrão..76
Calendário...78
Lot...80
Diário antigo..82

A NONA HORA

I tried each thing, only some were immortal and free.

John Ashbery

A NONA HORA

Algo resiste.
Talvez a lembrança do rosto já visto, do apenas
pressentido, de uma existência que sei estar
em algum lugar alheio ao caos, ao fim.
Algo resiste sob o céu ou as cinzas das carências dos dias,
sob o antes e o depois das faltas inconfessáveis,
na fome de chão, de pão, de espaço,
na fagulha do frio que anima a fogueira,
no azul da fogueira que também é seu incêndio.

Não sei o que inunda esta casa
que então é meu silêncio,
e a sensação de completude que é isto e não é isto
porque é o que falta em sua unidade.
Cabem nesta sala todos os nomes do mundo,
mas o seu vazio, esta mesa, essas cadeiras,
estão impregnados dos que por aqui passaram,
e o lar é uma caixa de enganos, de partituras que pensei
ou preenchi com anotações de memórias.

Algo resiste além do dia ou da noite
que também ilumina as coisas,
e mais forte eu me conformo em ser eu
o super-homem cujo único vilão é isto.
Não sei o que é, o que foi, o que terá sido o futuro.
Cabem neste poema todos os meus mortos, os filhos
não nascidos e os fracassos dos inomináveis planos de sucesso.
Cabem ainda os silêncios entre dois, os silêncios das multidões
e as palavras que não foram justas com os silêncios que mataram.
Cabe aqui o que falta nos dilemas e entendimentos,
o que falta nos jornais, nos teatros, nas mãos entrelaçadas,
na respiração do outro a remar um mesmo barco no rio do desejo.

Talvez falte o que resta
na casa limpa e antiga onde o tempo boceja,
e a carta que não vem ou a voz
guardada no papel que perdeu a poesia.
Quem sabe a sombra do que nunca se apagou
e estes óculos – instrumentos por onde a poesia
passa – faltem quando for preciso.

Mas algo resiste. Ainda o tempo que inventou os calendários
e a dúvida de até onde são certos todos os destinos
quando todas as mortes falham. Em tudo há a presença da culpa,
das almas e dos corpos deixados para trás,
pregados em minhas paredes, em meus dentes, em minhas unhas.
Há a certeza dos livros e da música – esses portos e esse barco

onde o silêncio se agarra e vai buscar socorro para o peito que
[agoniza.
Ali estará o amor que esqueceu o seu espelho,
ou o espaço do amor que outra mão saberia medir com cinco
[dedos.
Novos poetas povoarão a palavra com a citação de alegrias,
até que o tempo, como um olho de luz, turva-se diante do corpo
que tomba sob carga tão leve.

Quantos, diante do espelho, ainda avistam os próprios pés?
Quantos saberão que a parte não refletida é o sinal da entrega,
[da falta?
Quantos poderão dizer, diante do vidro, que já alcançam
a metade da vida? Quantos já a ultrapassaram? Quantos, sem
[saber,
não veem que de tão perto este excesso é o fim?
Talvez falte o olhar, o corpo já não exista, cresça a miopia
que dissolve as estrelas ou a distância
que é a resposta de tudo sendo o não e o sim.
Talvez falte um quando ou um onde, onde eu não possa
encontrar o que falta, e falte aquilo que o tempo guarda:
o êxtase da festa ou a festa,
a partida de todos, a casa vazia,
e a lembrança do endereço da alegria de outra festa.

E algo ainda resiste quando falta o amor que será sempre
esta lembrança, e falta o nome de fulana,

falta o encantamento que virou tristeza ou não falte mais nada
depois de tudo e todos serem apenas suas sombras que a noite
[apaga.
Talvez falte o livro, o vinho, a água,
falte o canto de um poema ou a fé
que em mim é sua falta consumida por certezas.

Algo resiste – algo nos falta –,
e o tempo renova esta sentença.

CONTRA INSPIRAÇÃO

Diz que o objeto contém
a emoção, não apenas
sua descrição. A emoção o
rodeia, nele está, o traz

para perto do que é
concreto, no que contém
de conceito a certeza
de vê-lo. Pode ser

este livro, esta
mesa, não este
silêncio, carregado
demais de significados

inapreensíveis
para a teoria. O papel
recebe a razão que
dá novo sentido

ao intento. Enquanto isso,
um outro ruído, não da
palavra, mas do coração,
bate o tambor em seu ouvido.

A CURVA

Eis o campanário vazio que a mão do desejo procura:
farto de ausências, certezas e arrependimentos,
o presente o aponta por toda cidade.
Eis o tempo em cujas extremidades
dois cegos se buscam e se distanciam.
Eis o abismo onde para sempre é a curva
o futuro que treme.

O passado e seu enterro conduzido pelo tempo.
Como a morte nas ruas,
a morte de uma constelação – este amor –
a morte na floresta escura – este amor –
a morte no grito do incêndio.

Como a morte do dia,
a morte da moça,
a morte que esfria.

Como a morte do velho,
a morte do enfermo,
a morte da culpa e do desejo.

Como a morte que nasce,
a morte implícita que esvazia,
a morte que em tudo principia.

MEU FILHO SOU EU

Meu filho sou eu.
Hoje ele nasce, amanhã é sua infância,
logo olhará para trás e verá o futuro.
Cada dia é sua vida me puxando pela mão
para o abismo do sono. É lá que ele dorme
abraçado ao meu corpo, e à noite
celebra o invento de sermos um só.

Meu filho sou eu no vulcão cuja boca
é o medo que ronda os relógios.
Longe das janelas, no quarto seguro
onde inventa maneiras de começar um incêndio,
reconta seu tempo – o tempo e seus túmulos
no oceano dos dias, no aquário vazio
de todos os mortos.

Ele conhece as cidades onde a imortalidade
é um orgulho, mas no futuro
já não haverá bustos ou cemitérios

para tantos sepulcros. O tempo
é sua asa e sua queda.
Meu filho sou eu.
Meu filho é a minha sobrevivência.

O HOMEM

Conheço o homem que traz do passado
o nome de um desejo.
Ele mora na rua cujo nome famoso não conhece,
não sabe quem foi o ilustre conselheiro, o tal comendador,
o marechal cuja guerra ele não viu.
Não havia tempo para o que não era amor.

Este homem carrega no bolso uma lista
de condecorações, mas nas retinas dorme o espaço
onde passeiam vozes e vultos vazios de tudo.
Ele é o homem das tantas mulheres que
em sua cama construíram romances
na tentativa do tempo em fazê-las eternas,

e em sua roupa esqueceram perfumes
para no final duvidar que o amavam...
Ele quis a permanência dos dias
que descrevia como rios, mas todos secaram,

e seu olhar fora tão exato que uma maçã
tremeria ante a certeza de sua luz.

Que mulher não terá lamentado conhecê-lo ou
perdido, ou sabê-lo tão ausente, tão ligado
às estrelas, às coisas passageiras?
Este homem que é só sentimento e uma irrefreável
vocação para estar só, ou ser ele mesmo
seu amigo, seu amante, seu silêncio.

Na casa em que festeja o amor com novos amores,
se esquece do medo que carregam
os outros homens – o medo da velhice,
que ele diz não temer; o medo da ausência,
que ele diz povoar; o medo do nada
que ele diz estar impregnado de lembranças.

Conheço este homem que para em frente
ao meu espelho e me diz, olhando-me nos olhos,
que não há tempo para o que não é amor.

MADALENA

O *Sabbath* trouxe a notícia: o amor
matou mais uma certeza.

Afogado em seu ventre,
a dor sorveu seu último desejo.

O perdão era a janela por onde
Madalena avistava miragens –

antes, a alegria calara seu medo,
tocara seu corpo iluminando

a impossível semente. O céu de Madalena
se apagou. "O amor é nossa queda – ela

escreveu –, seus mortos esquecem
os nomes de Deus". E secou a sua sede.

A PRAIA

Naquele tempo, o amor era um rio vertical
quando o corpo o bebia como uma boca marinha.
Os relógios não sabiam que suas espadas
contavam os mortos de cada farol, de cada
promessa, e que o tempo era só essa miragem –
a sede adiada da verdade. Ela perguntava:
"Você me ama ainda?", e tudo tremia
como um mapa de areia num barco de sal,
como um fogo esquecido na gruta do mar.
Às vezes, dizia: "Você nunca amou ninguém,
não sabe que o amor é uma coisa viva..."
Mas não via que o amor era o naufrágio
que alcançara a mesma praia
onde agora explodia a tempestade.

BARONESAS

Sou parte de sua arquitetura de nômades.
Sou uma das almas que a deixarão.
    Nela reflete-se a cruz
que desenham suas águas – cidade híbrida,
    antiga como a dúvida ou a certeza: pedra
        de onde arranco a minha espada.

I - O RIO

No Recife,
desde criança aprende-se o rio
olhando-o nos olhos,
vencendo-o sobre seu dorso,
tocando-o da varanda de suas pontes.
Ali vive a certeza – tanto tempo
inconsciente – de que no rio
corre a nascente de nossa memória.

No Recife,
cada ponte é um rito, uma música,
uma antiga bandeira.
Os passos costuram, margem
a margem,
os úmidos tecidos da cidade.

No Recife,
uma ponte não é só um caminho:
seu corpo é o abraço
que damos no rio,
é o traço do lápis
no mapa do rio,
é a batalha que vence
a fronteira do rio.

11 - A PONTE DA BOA VISTA

Esta ponte não se curva
ante o império do rio.
Seus braços de ferro
se erguem como trilhos
na partida de um trem subindo ao céu.

De longe,
a ausência do arco

une um lado ao outro lado –
trança de espelhos
que no espaço se inscreve.

Grade que guarda o passeio,
gaiola aberta
peneirando a paisagem,
da Rua Nova à Imperatriz,
a menor distância é a sua passagem.

Ponte das gentes, dos carros,
da visão de imensas flores:
gare de um céu que nos invade.

NOITES DE IPANEMA

Da janela vejo o Cristo Redentor.
Seu perfil totêmico – a cabeça levemente
inclinada sobre o peito – em nada faz lembrar
a forma em cruz de quando visto de frente.
Este ângulo dissolve-lhe os braços,
e com a mão direita
a estátua aponta para mim.

A cidade segue
sob seu olhar pétreo e impassível,
como deve ser o olhar de um deus.
Abaixo da corcova em que flutua,
marcham os homens uma estranha
procissão, e tudo gira ao redor desse andor.

Ela não mais saberá se as tardes daqui anunciam
                                        [mudanças.
O silêncio confunde a memória, apaga seus rios e
escreve nas pedras uma nova maneira de secar.

Sobre seu nome restará um alfabeto
que já não terá descendentes.

O tempo mistura cores e formas
na tentativa de perdurar paisagens, mas em vão.
Em breve a noite virá e a estrela de hoje
morreu há um milhão de anos.

Passam as horas e não chegará uma palavra sua.
O seu silêncio é sua sirene,
sua emergência,
seu escudo de luzes.
Pela janela chega a certeza de que
a estrela de ontem não retornou esta noite.
Outra falta ilumina a sua ausência.

O TEAR DA MANHÃ

¡Que se quiebre en disonancias
El azar! Creo en um coro
Más sutil, en esa música
Tácita bajo el embrollo.

Jorge Guillén

O TEAR DA MANHÃ

Os três únicos fios
dessa corda que teço,
são sentenças na boca
que me morde por dentro;

são três tripas de corda
de um sisal que não meço,
mas que aos poucos me engolem
como o dia o seu estro;

essas linhas que cruzo,
que manejo, que intento,
são da cesta os arreios
a frear o seu peso;

não conheço o traçado
de seu curso, o desenho,
sei que os fios são gritos
da mudez, do incêndio;

essa corda que arrasta
por meu corpo o seu beijo,
risca o chão, cada tábua
duma escada que desço,

que componho e desfaço,
que equilibro e é penso,
e ao ser chão é patíbulo
dessa boca que invento.

A QUEDA

Não há como, não há por que
aprisionar sob a retina
uma alegria qualquer – mina
que de tanta luz evapora

ao simples olhar da tristeza.
Esta sim, eterna, perene
canto do silêncio, sirene
surda cujo grito não cansa

de insinuar em cada traço
seu fim – nosso devir –, agulha
cega que no apontar anula
o próprio norte, e dá lugar

à culpa – única certeza
a que podemos aspirar:
reconhecer na vida, um mar,
e nos perder ao nos salvar.

CANÇÃO

Silêncio que veste
a noite mais calma,
teu nome é segredo
que às vezes diz não.

Íntimo rosto
desta canção.

No corpo que domas,
no espaço que gastas,
teu gesto é a fome
de onírico pão.

Íntimo rosto
desta canção.

Enquanto me envolve
teu elmo de prata,

revela-me o rosto
de incerta prisão.

Íntimo rosto
desta canção.

Teu verbo é a sede
dormindo nas águas,
teu tempo a garganta
que acorda o clarão.

Íntimo rosto
desta canção.

A ESTRADA

I - A PARTIDA

Habita minha lembrança,
como agora, no papel,
o gesto de uma criança
brincando com seu cinzel.

O que nasce da escultura
que transpira sua pedra,
é quase a floresta escura
em cujos medos penetra.

Livre de minha lembrança,
volta ao silêncio em que dorme,
e o rosto dessa criança
em tudo, então, se dissolve.

II - O RETORNO

Na superfície translúcida
que o dia tranca em seu nome,
revela-se a forma única
da boca que a luz consome.

O azul da imensa garganta
e os dentes brancos das nuvens,
mordem telhados e casas,
sombras, imagens que surgem.

O escuro que o chão explica
no pó vertical de um poço,
guarda o segredo, mastiga
o branco do nosso osso.

PARTILHA

Não quis, senhora, dar-te aqui o triste
dote que, sendo ganho em meu destino,
fez-me cedo saber, ainda menino,
o peso do vazio que em tudo existe.

No amor não há surpresa. É sempre a mesma
morada a que se chega a pedir água
e, tempos depois, a sede deságua
em outra sede – o poço de uma seca...

Será tudo certeza? Tudo incerto?
Pois devemos, senhora, é resistir
à vida e rir seu riso, pois tal preço
é o que nos cobra a morte que há de vir.

A CARTA

Seremos, no fim, uma data,
um nome sobre a pedra fria.
No tapete da terra, a carta
que se lê mas que não se envia.

No fim, um corpo, um rastro, a lenda,
e depois de tudo a certeza
de não ser nada além da emenda
entre o jazigo e a vela acesa.

O TAMBOR

Estranho relógio
que o peito proclama,
no corpo que cresce,
um corpo reclama.

Estranho relógio,
reverso da trama,
o tempo que conta
é o mesmo que engana.

Estranho relógio,
tambor que me chama,
no corpo que engole
recria o que ama.

GERAZ

O encanto é seu espelho. O doce espelho
que guarda do outro lado a mão que o toca,
mas não permite o ganho de contê-lo.
Pois é estranho como num só dia

nascem a alegria e o sofrimento,
e a pétala do bem também é o mal
que se resfria ao toque do metal.
A vida é este encontro mas também

é afastamento: o pão que agora é doce,
amanhã é o amargo do centeio,
e a tal proximidade desse espelho
faz crescer a vontade que faz mal...

A sede deste encanto não sacia,
pois feito o pão do amor também é sal.

M

Ela respondeu: "Eis-me",
e então silenciou...
Pensei assim: refez-se
a pena que restou...

A pena de não crer
no apenas pressentido,
de querer ter e ser
a pena do vivido...

POÍESIS

C'est aussi simple qu'une phrase musicale.

Arthur Rimbaud

Poíesis

"Por que, então, o amor?" – perguntei
diante dos mortos.

"Quero sentir a presença da vida – ela dizia –
e esquecer como um morto
a solidão desse lugar".

"Mas não há garantias – insisti –,
não poderemos, nem por um dia,
recuperar as asas de nossa queda."

"As ruas são rios de solidão – o outro contara –,
em cada esquina há afogamentos irreversíveis e
mortos no silêncio de todas as praças".

Mas ela não aceitava a tristeza
que escorria das estrelas,
ferindo, com a espada da noite, a sua noção
de partilha e cuidado.

"O amor também está nos silêncios,
na dor que se regenera, na solidão
que sobrevive" – um outro falou.

"Eu quero a fogueira que justifique uma alegria" –
ela respondeu.

GEOGRAFIA DA MEMÓRIA

Amo o teu cheiro, o teu jeito,
o beijo do oceano
que derramas em mim.
Amo a palavra
distribuída nas sílabas de tua coluna,
e amo a frase inteira
que o meridiano dos teus quadris circunda.
Amo a ciência dos teus joelhos
e o ângulo agudo dos teus cotovelos;
amo a atmosfera do teu pelo, a lua
no cabelo e a claridade do espelho
em cada uma de tuas unhas.
Amo a estreita circunferência
que a tua cintura enriquece,
e em tuas pernas os caminhos
por onde o teu banho desce.
Amo os teus olhos,
que os meus olhos nunca esquecem,
e os incêndios que a tua língua

ateia em minha pele, despertando cada poro
que se acorda dormente, mas que sente, e sente, e sente...
Amo os teus braços de dulcíssima firmeza
quando os meus braços os cingem,
e eles fingem ser asas
para que me carregues até a mais alta
das encostas, onde outra vez
eu te amo, amando tudo em ti,
o teu gemido,
o teu silêncio,
a tua resposta.

BATISMO

Para a história de minha vida,
quero o teu nome.
Não me deem a pompa da moldura biográfica ou
a honrosa citação no capítulo das letras:
para a minha vida, quero o teu nome.

Como antes e depois,
são teus todos os poemas.
Meu corpo – este símbolo frágil, esta fonte
escassa – foi sempre a tua redoma –
hoje menor se não estás.

Entre a casa e o florista
as ruas ensinam a realização dos desejos,
mas cada objeto que o cotidiano me empresta
procura a tua luz.

Este poderia ser um poema
de descrições, desses em que o poeta enumera

lembranças, verbos, sentidos,
numa sucessão de desenhos.
No entanto, o meu poema serve apenas
ao seu destino, e para o seu enredo
quero só o teu nome.

INVENTÁRIO

É teu este poema.
É feito de tempo
e palavras,
como as coisas
de uma casa.

Como a memória desta casa,
este poema é o nome
de cada coisa lembrada.

Como coisa que
se guarda,
o teu poema
é o tempo
que construiu sua casa.

A CAIXA DE LETRAS

De cor,
só sei o teu nome.
Esqueço a cidade, as horas,
os compromissos da tarde,
para lembrar o teu nome
como a história de uma alegria.

De cor, só sei este nome.
Assim recupero a bandeira
que reclama a tua falta,
e remonto o cordão
que faz brilhar cada conta.

Em mim,
só guardo o teu nome.
Outras letras aprenderei
na infância desta palavra.

A DANÇA

Neste dia,
em que não sabemos que nome dar ao silêncio
para aninhá-lo pela casa,
em que não sabemos como lidar
com a imobilidade das coisas
e o frio é a única música a tocar o seu dedo em tudo,
lembro o teu nome como um refúgio de fogo ou
                              [uma fogueira
em torno da qual há a dança de que te falei um dia.
Aquela dança cuja música é este silêncio
e a distância da festa é a minha impossibilidade
                    [de te chamar para dançar.
Talvez sejamos sempre esse impossível engenho
vazado por um abismo de quilômetros e desejos
                         [esquecidos na noite.
Em dias como esse,
a cidade e seus excessos

me fazem guardar o teu nome como um segredo,
e nele me refugio a inventar a antiga festa,
a mesma em que o silêncio ainda não aprendeu a
[dançar.

RETRATO

Tua lembrança é meu dia
secreto e permanente.
Estás em tudo que lembra a vida,
e vais comigo,
por onde a tua ausência nos vence.
Hoje são os silêncios, as ruas,
a luz em cada coisa.
És o que torna a beleza
sua existência possível.
Belo porque foste, porque és,
porque serás.

Divitiae

No princípio era a festa,
depois do fim, o orgulho.

Com o tempo,
com o passar dos anos e dos retratos
de seus novos amores, a distância esqueceu os reflexos
daquelas falsas bandeiras, e seu convés era mais nulo
do que o silêncio do morto,
mais devassável do que sua rouca escultura.

As velhas carências permitiam que a cidade fosse tomada
                              [por qualquer salteador,
e todos os nomes diziam que suas conquistas
foram ordenações de degredados.
Seu riso era apenas a solidão
que sob os olhos ela não conseguia povoar.

Como a luz que se dissolve na noite, seu orgulho deu lugar
a uma comiseração que também era sua pena,

e tudo, então, foi só a lembrança de uma antiga alegria, ou algo que já não reflete a beleza que para sempre será sua inverídica ressurreição.

VERBO

Agora que és uma costela,
faz o teu corpo.

O tempo conduzirá ao seu leito
a língua de tua fogueira.

Que tu a ames,
como se ama o que morre.

Eis o amor.

A QUARTA CRUZ

Cristo en la cruz. Los pies tocan la tierra.
Los tres maderos son de igual altura.
Cristo no está en el medio. Es el tercero.

Jorge Luis Borges

A QUARTA CRUZ

Jesus deixou a mesa.
Dois amigos limpam as mãos
sujando as túnicas.
Olham entre si. Avistam
o fim.

Há um resto de pão
que ele não terminou,
e o vinho
que não foi bebido por todos.
Jesus deixou a mesa sem olhar para trás.

Seguiu sozinho
para o recolhimento da noite.
Lembra os dias de viagem, as palavras que dissera,
e se arrepende pelo que deixou de ser dito e
do que ficou por fazer.

Na mesa, só um deles
limpa o lugar. Está só,
mas pensa em Jesus, o mais só
de todos os homens. A morte
faria companhia aos dois.

A mesa, então, é vazia de tudo:
de sua presença impregnada em tudo;
de suas palavras atadas
a tudo;
da ausência eterna
de toda ausência.

Jesus, longe, lembra cada segundo no qual seu silêncio
foi a primeira palavra ouvida. Pensa no último amigo –
o que ficou à mesa –
e no pai que, na infância, fora a condenação
que a distância cobraria
substituindo-o por um pai maior.
Jesus, em breve, voltará a chamá-lo,
mas amanhã será o pai celeste que o deixará.

Em seu nome,
as mulheres buscarão alento.
Serão as primeiras a querer de seu corpo
o antigo filho, o companheiro da noite,
o cúmplice que também padecia.
Os amigos irão protegê-lo

da dor demasiado humana dessa morte humana,
de uma memória que pode humanizá-lo perigosamente.
A família será como o vento
ao rés da videira,
será como um grito
entre as pedras surdas das oliveiras.

Seu pai agora é o céu
carregado de certezas,
sua mãe é a lenda
que o purifica entre os homens,
e os irmãos
são todos os homens e nenhum.

Jesus não é parte do risco
que pode nos igualar,
não é fruto do corpo
que saberá nos perder,
mas de um mistério
que nos condena à distância
de uma quarta cruz.

O ENCONTRO

Sempre avistamos a porta.
Guardamos os ossos das secretas vontades,
mas a sombra cresce
a cada passo.

Impossível o esquecimento,
a conversão das perdas então
multiplicadas, cada uma voltada
para o nada.

Um dia estaremos juntos.
Um ou outro sob a chama da morte,
um ou outro sob as cinzas da vida,
enlaçados.

Seguiremos.
Buscamos o centro ou a absoluta extremidade
onde há apenas um espelho e
diante dele alguém que pergunta: "E Deus?".

Os olhos ecoarão no vazio
e o espelho nos deixará a sós –
afirmação do eterno – a responder:
"É o vivido".

E estaremos ali,
um diante do outro,
um morto e um vivo,
sem saber, afinal, por quem.

O ESPELHO

Enfim,
as duas línguas do laço.
Cumpro a sentença do que um dia instituí
como a rota do condenado:
conjuração da verdade e o grito do morto que não silencia.

Deixei-a ir.
Abandonei, para muitos, a possibilidade
de um futuro comum,
previsto, familiar.
Mas eu conhecia famílias. Estava habituado
ao espetáculo incerto, à chuva que não cabe
na vazão do grande rio.

Quis dar-lhe a chance – para ela visível –
da invisível felicidade.
Eu sabia: tombariam um a um
os seus cavalos, e o tempo seria o muro

por trás do qual eu escutaria sua queda. Aprendi a esperar costurando a minha bandeira.

Hoje, não sei a que deus oferecer minhas mãos para a reconstrução de seu sonho.
Não queria perdê-la para o final previsível, queria vê-la seguir.
O seu infortúnio, para mim, seria como a execução de um concerto óbvio, gasto,
que já não suporto escutar.

Quero o silêncio e a insinuação de sua ausente felicidade.
Esta, que só confirmamos na falsa certeza de alcançá-la, de convertê-la, de conjugá-la.
Mas quis o silêncio que ela estivesse, em seu distante desejo, dedicada a matá-lo.

Conheço os felizes.
Escuto seus gritos quando se olham no espelho.

O OUTRO DIA

O que comemoramos?
Ainda o tempo é sua antiga fome,
único alimento de nossa invertida construção.
No fim, a mesma estação, o mesmo indício: duna
que a luz movimenta com os remos dos dias.

Sob o olho íntimo de tudo
brindamos a boda do assinalado registro,
e cada hora é a mesma cruz à beira da mesma estrada.

Acima dos telhados acendem-se corpos, silêncios, estrondos,
e a noite balança a sua peneira de luzes.
Da boca de cada janela ouve-se o hálito de alguma música.
O mundo se inventa
na melodia que escuta –
busca o incêndio
o eterno fogo –
e ainda o tempo respira a si mesmo,
busca seu fim, seu recomeço.

O que comemoramos, se é esse fim
o inadiável endereço?
É o fim, então, a festa?
O desenlace das mãos, tudo o que nos reserva?

A noite enrijece seus membros, esfria seus muros,
bebe os escuros do próprio luto.
É o tempo à nossa frente, a luz, o dia,
e talvez, por isso, comemoramos.

O RELÓGIO DO ESPAÇO

Esqueçamos as horas.
O poema, agora,
se presta ao presente,
ao surdo bater do relógio do espaço.

A casa está limpa. Impregnada
de corpos e nomes. Eles não dizem,
mas o tempo,
frágil como a sombra de uma flecha,
hoje é só este silêncio.

Na mesa de livros o futuro encontrará
uma refeição por fazer.
Os dias construíram porões,
inventaram altares onde as religiões levitavam.

Uma noite,
escrevi na parede do quarto:
"Traí todos os amores pelo pão da liberdade.

Sou o vidente fiel à sua verdade oscilante.
O amor é o suor do futuro."

A sala iluminada: meu convés!

Sentimos falta. Mas esqueceremos.

O BOM LADRÃO

Sou o que a verdade escolheu
para apodrecer suas mágoas, o rato cuja ninhada
incensa a cloaca que dá a boca pra rua.
Aponto o caminho da masmorra bolorenta –
o mapa está comigo –,
e conheço o segredo do cofre dos monstros:
do outro lado da grade
a minha carniça é confundida com uma flor.

Fui acusado de perjúrio e traições
contra as normas sociais.
Eu sou o pária
que enganou famílias, ludibriou as moças e
foi eleito o maior dos canalhas.
No fim, como um desterro de Deus,
todos tinham razão.
Fui o que só buscava o prazer, o passatempo.
Sou o conquistador falastrão
cujas armas usam a fé para maquiar a emboscada.
Amei a liberdade.

Mulheres quiseram filhos meus mas fui a inspiração
para todos os abortos.
Aprendi a induzi-las à falência dos desejos,
ao fracasso dos sonhos, e desmoralizei
sobrenomes fomentando o ódio e a vingança
entre aqueles que me adoraram.

Confessei ao escuro a minha grandeza de escroque
substituindo por orgulhos
as mais baixas frustrações: neguei meus pecados
enquanto engendrava talentos para impressionar irmãs.
Tive sucesso.

Sou o inconstante, o imprevisível, o imprevidente,
e assim como a verdade
todos os vícios são latentes em mim.
Não sou exemplo para o filho da mais baixa das mulheres
cujo mínimo instinto é uma referência de honestidade.
Sou falso, fraco, mentiroso como um condenado
que se diz arrependido enquanto ri por dentro.

Ela sabia e repetiu: "Eu quero uma relação duradoura,
uma vida a dois. Você não sabe o que é isso.
Não deseja o amor eterno." Estava certa.
Se cada uma de suas palavras fosse um número,
ontem teriam ganhado a sorte grande. Ela me traduziu.
Sou o mau caráter que qualquer ingênuo reconhece de longe:
eu sou a boca, sou o fundo, sou o poço,
eu sou o eco da palavra infeliz.

CALENDÁRIO

Avançamos.
Já avistamos a distância
dissolvida pelas horas.
O calendário nos conta certezas, percursos,
hiatos presididos por santos e domingos.
Nada mais incerto do que a realização dos números,
a presença diante dos relógios, o testemunho dos passos,
dos ritmos que por trás das janelas embalam a vida.

Nada mais incerto e, no entanto, avançamos.
À frente um precipício de buscas
em que somos os exploradores,
messias de uma escuridão que é o mais claro futuro,
ciganos em cujas cartas não enxergamos mais
que a obviedade de ser.
E corremos o desfiladeiro, conquistamos minutos,
meses, calendários,
quando nenhuma música, em sua finitude,
consegue nos redimir em seus infinitos silêncios.

Eis o que somos: um silêncio cortado
por desejos, por palavras,
pela eterna recordação.

O abismo se aprofunda, cresce,
boceja e se agiganta.
Nele esquecemos que a subida
é oculta e ilusória.

Mais um dia se acaba.
E avançamos.

LOT

É quando a volta é o encontro dos mortos exumados,
reconhecidos como ausentes, negados como família;

É quando os segredos se dispersam em clarividências
[íntimas,
obviedades públicas, cartas de um baralho ao gosto das
[gentes;

É quando a lembrança não encontra sequer
uma armadilha nas grades do calendário;

É quando a cidade rejuvenesce pelo esquecimento das
[ruas, dos prédios
que não existem mais, dos amigos que não reconhecemos
[como vivos;

É quando um nome é a porta por onde avistamos a estrada,
mas seu destino é o ábaco em cuja ciência há a dúvida;

É quando o deus renega seus dias, cicatriza seus pulsos, e
[a chaga
é um rio congelado em sua foz, um mar infinito de geleiras
[de sal;

É o instante em que o amor é a asa que toca a água.

DIÁRIO ANTIGO

No fim, uma única certeza: um amor maior
que os entendimentos colhidos em cada pedra, de cada
[ausência,
por cada corpo deixado entre os escombros do conheci-
[mento.
No fim um deus misericordioso e o filho regresso,
reunido a custo, resto ou pedaço que se estende ali:
o alforje ao lado, as armas ao pé da cama,
e todo o invisível exército que não lembrará sua guerra.
No futuro é o nada. Nem exército, nem corpo, nem alforje,
e nenhum alento a preencher a garganta com ao menos
[um nome.

Sejam todas as mulheres o coro da memória
por seus inúteis arrependimentos,
e o deus que o seguiu abrirá a casa para a última fadiga.
Amou como a luz ama o espaço, como a luz
bebe o espaço, como o tempo arranha o mesmo espaço
onde a luz, no fim, ama o nada.

Haveria o amigo para lembrar, o distante, o enfermo,
pois havia a palavra que jamais foi esquecida
por quem nunca mais foi companhia.
A vida como um barco de onde se atiram condenados,
um barco de amores perdidos, um barco de degredados...

Pensa em todos os livros que não leu e nos que ficaram
[para amanhã,
mas os poemas escritos eram sempre a porta para o mais
importante de seus cúmplices: o passado e seu espelho
[onde
reconhece com um riso a próxima tristeza, a alegria e os
[dentes
que há dez anos eram mais brancos.
A pele perdeu a pureza, a mão maculou a imagem
que a gaveta esqueceu em seu coração de papel,
e a rua, que um dia foi sua, hoje é só a calçada em frente à
[casa.

As cidades vistas, camas onde dormiu, as roupas que
[lavou, e todas
as paisagens que desenha na janela por onde imaginou
[outras cidades.
Deve voltar algum dia, visitar o não visto, regressar
ao pedaço de sonho que agora é só um destino,
sendo a busca ao redor da fogueira que quase se apaga.

Voltaria para a moça que não conheceu, traria
a palavra, o poema, o papel, para de novo ser só uma
                              [lembrança
a vontade que então era um plano de família.
Vejam só, agora nessa cama, mais sozinho que aquela
                              [descrença
que ninguém enumera porque vazada de impossibilidades
imaginadas como certas, como justas, como vividas.
E a moça talvez lembrará, à sua revelia,
aquele que um dia pareceu uma certeza,
sendo só sua mestria em verter sobre o nada
sua fidelidade ao sonho e às coisas ausentes.

Um café, um ajuste, um atraso,
e a pressa aguçada por compromissos inexistentes.
As mulheres mais belas adoradas como mesquitas
de onde ouvia outra voz, e algo de sua lembrança
espalhada na cozinha cujo azulejo
não reflete mais que a rouquidão da antiga luz.

E o deus irá recebê-lo, antes – quem sabe – do esquecimento
que alcançará. Será como um perdão. Finalmente o perdão
dado a si mesmo por trair a memória nos braços do tempo.
Talvez ressurja um desejo, um nome,

a maneira de dizer ao espelho que o vazio é só a luz
desenhando seu limite, seu rosto quase o mesmo,
quando o silêncio se desfaz, o sino toca, as mãos se cruzam,
e fecha-se a porta sobre o corpo que, enfim, é outro.

Impresso nas oficinas da
SERMOGRAF - ARTES GRÁFICAS E EDITORA LTDA.
Rua São Sebastião, 199 - Petrópolis - RJ
Tel.: (24)2237-3769